FABRICE A MADRID.

Ye

21862

IMPRIMERIE D'AUGUSTE AUFFRAY,
PASSAGE DU CAIRE, 54.

FABRICE A MADRID,

OU

LE RÊVE D'UN POÈTE;

SATIRE EN ACTION,

SUR LA DRAMATURGIE MODERNE;

PAR MOI,

AUTEUR DE MON OUVRAGE.

En dépit d'un succès plus ou moins révoltan·,
Que de célébrités n'en pourraient dire au·ant !

PARIS,

PAULIN, LIBRAIRE-ÉDITEUR,
PLACE DE LA BOURSE, N° 31.

1834.

FABRICE A MADRID,

ou

LE RÊVE D'UN POÈTE.

Castigat ridendo.

La scène se passe dans la chambre de Fabrice; un lit, une chaise et une table, avec quelques papiers en désordre, forment l'ameublement de cette pièce. Au lever du rideau, Fabrice, assis devant la table, dit d'un air de satisfaction, en montrant les manuscrits, et en se parlant à lui-même :

Oui, Fabrice, voilà le trésor qui te reste...!

Madrid! je te consacre et ma lyre-et ma voix.

Que d'honneurs vont pleuvoir en ce réduit modeste!

La palme du talent vaut le sceptre des rois.

(Il se lève.)

Eh bien! Gil-Blas, faut-il qu'à tes avis je cède?

Dans les bureaux tu m'offrais un emploi;

Cette carrière, selon toi,

Devait être l'heureux remède

Du poétique accès qui s'emparait de moi;

Tu traitais mon penchant de pure frénésie;

J'étais un fou qu'il fallait renfermer;

Et l'astre inspirateur qui me pousse à rimer,

De misère, à t'en croire, allait couvrir ma vie...?

Grâce au ciel, je n'ai point écouté tes clameurs,

Et vais être comblé de plaisirs et d'honneurs!

(En jetant les yeux autour de la chambre)

Je ne tiens pas encore une place éminente :

Ce séjour même, asile des neuf-sœurs,

Du sort qui m'accablait est la preuve évidente...?

Mes talens seront mes vengeurs;

Et l'avenir remplira mon attente.

Sous quel astre propice ai-je reçu le jour!

A MADRID.

Sans amis, sans argent, je tombe en cette ville;
Un poète m'accueille; il me donne un asile;
Je corrige ses plans; et lui-même, à son tour,
M'initie aux secrets de cet art peu facile,
Unique et noble espoir de mon fidèle amour.
On nous prônait; nous avions force ouvrage;
Et la ville et la Cour se disputaient nos vers,
Lorsque éclatant sur nous, le plus funeste orage
Vint flétrir tout-à-coup nos lauriers les plus verts!
Poussé du démon dramatique,
Croyant qu'on fait des vers comme l'on fait sa cour,
Un grand seigneur à mon maître, un beau jour,
Fait le triste cadeau d'un ouvrage tragique.
Ce chef-d'œuvre n'était d'abord
Qu'une assez faible comédie,
Dont notre auteur, étendant le ressort,
Avait, bon gré mal gré, fait une tragédie.
L'idée en était pâle, et le plan mal conçu;
Mais, grâce à son crédit, le poème est reçu;
Le jour fatal arrive, et la pièce est flambée!

Non, si du ciel sur nous la foudre fût tombée,

Notre oreille, je crois, n'eût entendu jamais

Un vacarme semblable à celui des sifflets !

Ainsi qu'un feu roulant, dans la salle sonore

  Ce bruit affreux retentissait ;

On sifflait au parterre, aux loges on sifflait ;

Et jusque dans la rue on nous sifflait encore... !

  Nous rentrons ; il se met au lit ;

  Le même jour la fièvre le saisit.

« Fabrice, me dit-il, à tant d'ignominie,

 « Je le sens bien, je ne survivrai pas ;

  « Profite au moins de mon trépas :

  « N'écris jamais de comédie,

 « Dont on puisse à son gré faire une tragédie !

  « Mes livres et mes manuscrits

« Sont à toi ; sache en faire un profitable usage ;

« Mais garde-toi, surtout, de ces sifflets maudits,

« Qui me suivront, je crois, jusqu'au sombre rivage ! »

Mon pauvre maître, hélas ! n'en dit pas davantage ;

Et, dès le jour suivant, dans la tombe il fut mis.

(Il s'approche de la table.)

Voyons un peu notre héritage;

S'il n'est pas très-riche, en tout cas

Il vaudra bien celui de ce pauvre Gil-Blas,

Dont chacun rira d'âge en âge!

(En feuilletant les manuscrits.)

Eh! voilà vingt sujets superbes à traiter!

Opéra, ballets, comédies,

Monstro-drames, qu'on nomme aujourd'hui tragédies;

C'est plus qu'il ne nous faut! mais par où débuter?

Par où? la demande est unique

Et d'un esprit bien avisé!

Débutons par le plus aisé:

Rapetassons un peu cet opéra-comique.

S'il est vide d'esprit, de gaîté, d'intérêt,

S'il n'a ni naturel, ni style,

La chose est encor plus facile:

Nous nous armons de l'assommant couplet,

Pour l'aplatir en vaudeville!

(Après avoir parcouru le manuscrit.)

Quelques mots à changer, cela doit réussir!

    Une intrigue bien embrouillée,

    Un nœud bien pénible à saisir,

    Un tuteur facile à trahir,

    Une pupille écervelée,

    Un amant d'un fade à périr!

    Style incorrect et narcotique,

    Traits que l'on rencontre partout,

    Peu de verve, encor moins de goût...

Voilà bien tout le fond d'un opéra-comique?

Oui; mais je ne vois là soubrette ni valet!

    Il nous faut en faire paraître;

La chose est de rigueur; sans eux, nul intérêt!

Un valet, au théâtre, est un fourbe à brevet,

    Chargé de l'esprit de son maître.

(Il s'assied à la table.)

    Voyons : pour tromper mon jaloux

    (Car un tuteur, c'est la règle, doit l'être),

    Je prends un valet andaloux,

    Que je nomme...? un moment : Rodrigue!

Pourquoi pas ? il aura du cœur ;

Et pour échauffer une intrigue,

Je n'en connais pas de meilleur !

En contrebandier je l'amène ;

Sous ce déguisement nouveau

(Qui vaut bien l'habit d'un bourreau

Ou d'un échappé de la chaîne), .

Au logis du tuteur je l'introduis sans peine ;

La pupille survient ; et l'adroit Figaro,

Dans sa langue andalousienne,

L'instruit, en fredonnant un léger boléro ;

Le tuteur qui l'entend...?

(Il s'arrête, puis ajoute :)

Mais c'est d'un froid extrême !

Au genre, au goût du jour je n'entends rien moi-même !

Avec un pareil plan, quel amant parviendrait

A séduire une femme.... à coups de pistolet (1)?

Point de meurtres, de sang, de poignards, de furie,

De spectres, d'échafaud, de sofa,... d'incendie ;

Non pas même un cercueil, ou quelque enterrement,

Dignes fruits des progrès du pinceau romantique!

Qui transforme en supplice un simple amusement,

Et de dégoût, d'horreur ou de suffoquement

Vous oppresse et vous glace... à l'Opéra-comique!

     Et d'ailleurs, ne savons-nous pas

     Qu'au-delà de nos Pyrénées,

Les Muses aujourd'hui proscrites, profanées,

Ne parlent qu'un argot ou ridicule ou bas...?

Tentative bien sotte, et plus sotte espérance

D'avilir du génie et la langue et les lois,

Pour revenir au point où l'on fut autrefois,

Sauf un progrès sensible en fait d'extravagance!

Tous ces messieurs, sans doute, entendent leur patois?

Mais si je m'adressais à cette noble France,

J'écrirais en français, et non pas en gaulois!

Quoi qu'il en soit, notre tâche est légère;

Ce brave et bon public s'accommode de tout;

Et dussiez-vous heurter langue, bon sens et goût,

L'orchestre est là pour vous tirer d'affaire !

Laissons donc ce projet ; et voyons si je puis
Par quelque autre chef-d'œuvre enchaîner la critique ?
J'ai toujours eu du goût pour le comique ;
Si la route est pénible, elle est du moins... j'y suis !
Je tiens déjà les traits de tous mes personnages ;
Ils semblent, pour m'aider, s'être donné le mot ?
Sottise, erreur, mauvais ménages,
Beaucoup de fous, très-peu de sages...
Voilà la comédie, ou je ne suis qu'un sot !

(Il écrit, en se parlant.)

Quelle facilité ! je travaille de verve ;
Ma plume brûle le papier ;
Et la postérité réserve
Au nouveau Caldéron le plus brillant laurier !

(Il parcourt ce qu'il vient d'écrire.)

Style élégant et pur, touche ferme et légère,
Scène toujours en mouvement,

Intrigue qui se noue et s'explique aisément,
Sans fatiguer l'esprit d'un pénible mystère...?
  Goldoni, Regnard et Molière
  Ne l'entendaient pas autrement!
C'est par de tels ressorts qu'en leur sage délire,
  Corrigeant la ville et la cour,
  Graves et plaisants tour-à-tour,
Ils provoquent en nous l'intérêt et le rire;
  Et c'est ainsi qu'il faut écrire,
  Quand on écrit pour plus d'un jour!

La Scène offre à ma lyre un genre moins sublime;
Jusqu'au grand-opéra ne puis-je l'abaisser?
C'est un chemin de fleurs, facile à traverser;
  Là, tout est bon, pourvu qu'on rime!

  Voulez-vous faire un opéra?
  PRENEZ d'abord un machiniste,
  Qui, de concert avec l'artiste,
  Au talent chez vous suppléera.

Tirés d'une vieille Chronique,

Dans la chaudière dramatique

Jetez pêle-mêle, au hasard,

Sang, poison, lacet et poignard

Arrosés d'un philtre magique.

En cette sauce romantique,

Où les larmes de l'échafaud

Remplaceront le sel attique,

Plongez l'intéressant crapaud,

Le folâtre hibou, le serpent sympathique,

Le gracieux cadavre et le spectre gothique;

Mêlez tout cela ; SERVEZ CHAUD;

Et vous aurez *un plat* lyrique!

(Il se remet à écrire.)

Essayons donc : dans l'introduction

Mettons d'abord un chœur si touchant et si tendre,

Que tout l'auditoire, à l'entendre,

De pitié tombe en pâmoison!

aintenant, à chaque acte, il nous faut un finale,

' l'orchestre et la voix, se disputant le pas,

Par le plus tudesque fracas

Assourdissent toute la salle!

Au secret du métier l'auteur peu fait encor,

A son génie à peine ose donner l'essor;

Entre l'effet et le goût il marchande;

Il réprime le bruit des voix et de l'archet;

Il est naturel... et déplaît;

Moi, je veux qu'on m'admire, et non pas qu'on m'entende!

Revenons à mon plan : là, je pourrais encor

Placer l'air à roulade; ici, le quatuor?

Au but, en me jouant, je vise et m'achemine...

Mon poëme est complet : voici la cavatine!

(Il se lève.)

Bravo! bravo, Fabrice! ah! ce dernier morceau

D'un succès foudroyant est l'indice et le sceau!

Mais pourquoi m'arrêter? Du temple de Mémoire

Les portes s'ouvrent à mes yeux;

Oui, je vois la place où l'Histoire

Doit inscrire mon nom parmi les noms fameux!

Qui pourrait amortir le feu de mon génie?
De mon cerveau brûlant il sort avec fracas;
J'accouche d'une tragédie;
Et malheur aux cœurs froids qui ne frémiront pas!

Mais avant d'avancer, sondons un peu le pas :
Pour complaire au tyran dont la voix le gouverne,
Pour se plier au goût, au délire moderne,
Affranchi désormais de la bride et du frein,
L'art à pas de géant arpente le terrein.
Gardons-nous donc ici de respecter la règle!
Qui la suit est un sot, qui l'enfreint est un aigle.
Tout Madrid n'a-t-il pas le même vertigo,
Qui tourmente Dumas et le *rare homme* Hugo?
Voilà de ces auteurs dont la fougueuse veine
Accouple avec tant d'art Thalie et Melpomène,
Que pour qualifier les fruits de leurs cerveaux,
Force est d'avoir recours à des termes nouveaux!
Chacun d'eux sait si bien triturer la matière,
Si bien fondre et mêler le burlesque au sévère,

2

Que, dans la même scène et le même couplet,

Sans vous donner le temps de tourner le feuillet,

    Ces grands faiseurs en trilogie,

De *tableaux* en *tableaux*, *palpitans* d'intérêt,

    Vous portent, comme par magie,

    D'un temple au milieu d'une orgie,

    D'un salon dans un cabaret,

Et du style héroïque au jargon de Brunet!

Quel que soit cependant leur mérite et leur gloire,

Tout cela, comme on dit, n'est pas la mer'à boire.

Le colosse aux cent bras pourrait n'être qu'un nain,

Qui brillant aujourd'hui, s'éclipsera demain...?

Examinons un peu cet éclat transitoire.

Faire de son sujet un pénible grimoire ;

Transformer son héros en un monstre inhumain ;

    Couvrir de boue à pleine main

    Tous les noms fameux de l'histoire ;

Changer la scène en mauvais lieu ;

De la pudeur se faire un jeu ;

Etaler aux regards l'inceste, l'adultère,

La débauche éhontée et l'orgie ordurière....

Voilà tout le secret, tout l'art, tout le talent ?

Pradon même, Pradon en eût pu faire autant !

Et j'irais....? pourquoi pas, si le torrent m'entraîne ;

Si le but évident est d'avilir la scène ;

Si d'un goût dépravé le public protecteur

Paie, en la partageant, la honte de l'auteur ;

Si Racine et Corneille aux rives de la Seine

Ont légué vainement Athalie et Chimène ;

Si de ces grands flambeaux l'éclat presque terni,

Cède aujourd'hui la place aux lueurs d'Hernani ;

Et si la scène même où plane encor leur muse,

A gémi sous le poids des vers du Roi s'amuse (2)!

Diogène du jour, la lanterne à la main,

Dans ce nombreux et complaisant parterre,

Qui rit de tout, à qui tout semble plaire,

Et qui, dans ses transports pour tel fade écrivain,

L'admire sur parole, et ne soupçonne guère

Qu'il applaudit en lui La Serre et Chapelain (³),

Me verra-t'on chercher en vain

Le sentiment du vrai, du beau, du raisonnable?

Il faudrait être fou, pour un projet semblable!

Les monstres les plus laids sont accueillis partout?

Secouons du bon-sens les chaînes épineuses;

Servons le public à son goût :

Créons des œuvres monstrueuses,

Tant que ce public en soit las,

Et les rende à la fin aux tréteaux les plus bas!

Laissant là le meilleur pour s'attacher au pire,

L'un pille gauchement Schiller et Shakespire;

L'autre, non moins heureux en ses larcins discrets,

Ne prend que les défauts du grand peintre Ecossais.

Il en est (Eh! Dieu sait ce qu'y gagne la scène!)

Qui, puisant leurs sujets en leur aride veine,

Colorent lourdement quelques sales tableaux,

·Fruits hâtifs arrachés à leurs faibles cerveaux.

Celui-là [a], pour trouver une assonnance en OMME,

Un peu moins bien qu'un sot fait porter un grand homme [b]!

Celui-ci [c], d'un seul coup écrasant un rival,

Que déjà le public avait traité fort mal,

Introduit sur la scène une jeune innocente,

Qu'un mal-de-cœur secret inquiète et tourmente;

Puis, pour la soulager...., lui fait quitter le bal.

On n'est pas plus décent, plus chaste et plus moral!

Un autre enfin [d], car en fait de sottise

La mine est riche encor, bien que chacun y puise!

(a) L'auteur du *Roi s'amuse*.

(b) « *Je m'en soucie autant qu'un poisson d'une pomme!* » (lieu cité.).

(c) L'auteur d'*Angele*.

(d) L'auteur de *Robert-le-diable*.

Un autre, dis-je, exploitant les enfers

En exhume un sujet plus pesant que ses vers!

Je ne vous dirai pas ce qu'on peut y reprendre;

Pour juger un poème, encor faut-il l'entendre?

  Et tout ce que j'ai pu saisir

Au milieu du fracas de cette œuvre infernale,

Où la voix des chanteurs dominant la timbale,

  Commence par vous étourdir,

  Et finit par vous assourdir!

  C'est ce logogryphe sévère,

  Cet impénétrable mistère,

Que l'auteur seul conçoit, et peut seul éclaircir :

  « L'OR EST UNE CHIMÈRE;

  « SACHONS NOUS EN SERVIR! »

Tout cela, cependant, et se joue et s'admire!

Tout cela réussit! et, puisqu'il faut le dire,

Tout cela trouve encor d'intrépides prôneurs,

Un bénin auditoire, et de braver lecteurs!

O l'heureux tems pour écrire et pour vivre,

Sans rien devoir au divin Apollon!

Naguère encor, loin du sacré Vallon,

Cent-un auteurs ont fait un petit livre

Que cent amis ont déclaré fort bon...!

O l'heureux tems pour écrire et pour vivre,

Malgré l'aveu du divin Apollon!

Mettant donc de côté goût, pudeur et décence,

Ecrivons, à Madrid, comme on écrit en France!

Vil pourceau du Permesse, ayons-en l'impudeur;

Vautrons-nous, sans rougir, dans la fange commune;

Sur de honteux écrits fondons notre fortune;

Vendons-nous corps et bien au premier Directeur;

Plongeons-nous, il le faut, dans ces bourbiers fétides,

D'où, le front empalmé, sortent tant d'Euripides,

Moins étonnés encor de leurs propres succès,

Que de l'esprit du juge et de ses sots arrêts!

Au lieu donc de tonner contre la barbarie,

Qui de l'art profané fait une jonglerie

Profitable et facile à messieurs les jongleurs,

Imitons, à Madrid, ce que l'on fait ailleurs;

Dans les plus vils sentiers traînons notre génie;

Immatriculons-nous en cette coterie,

Qu'en tous lieux aujourd'hui l'on stygmatise en vain

  Du sobriquet de *Camaraderie*;

   Et qui, bravant la raillerie,

Compense chaque soir la honte par le gain!

Le secret du métier échappe à tout profane;

L'homme, en qui la raison et le respect de l'art

N'ont pu fléchir encor sous ce sceptre bâtard,

Indigné d'un succès que le bon-sens condamne,

Croit avoir reculé jusqu'au tems de Ronsard?

Le doute est, en effet, aussi juste que triste!

A son siècle étranger, il s'afflige, et persiste

   A s'étonner de plus en plus

Des honneurs prodigues à ce peuple d'intrus;

Il ne soupçonne pas, qu'en cette immense liste,

Qu'un ou deux noms au plus parent de leur valeur (⁴),

Tout *Camarade* est journaliste,

Et tout journaliste est auteur (⁵) !

Il ignore, en un mot, qu'en ce tems de lumières,

Où, pour prononcer bien ou mal

Sur tant de monstres littéraires,

On attend l'heure du journal,

Du journaliste-auteur humble panégyriste,

Le Camarade-Journaliste.

Se hâte d'assurer l'appui qu'il en attend,

Par l'appui qu'en secret il lui prête ou lui vend...!

Tel est le pacte mercenaire

Grâce auquel plus d'un fat est immortalisé ;

Si ce n'est là tout le mystère,

Je veux être moi-même *incamarudisé !*

Mais, de prôner ainsi leurs œuvres mutuelles,

De surcharger leur front de palmes si nouvelles,

De tomber à genoux devant le monstre né,

De vanter l'ambryon à peine imaginé,

Et d'un stérile éclat poursuivre la chimère,

Tel n'est pas le vrai but du moderne *Confrère* (⁶) !

Ce but-là, c'est l'argent ; et pour en obtenir,

Le moyen le plus sûr est de tout envahir,

De monopoliser l'éloge et la satire,

De dicter au public ce qu'il faut qu'il admire,

D'être en tout et partout le seul nom révéré,

De fermer tout issue au mérite ignoré (⁷),

Et plonger dans l'oubli les accords de sa lyre ;

De faire accroiré aux sots que seul on sait écrire (⁸) ;

Bref, de réaliser, au milieu de Paris,

Cette ligue à la fois ridicule et méchante,

    Dont Molière dicta jadis

Le premier réglement à sa folle Savante :

  « Nul n'aura de l'esprit, hors nous et nos amis ! (⁹) »

Molière avait-il donc l'esprit de préscience ?

Prévoyait-il qu'un jour, revenant sur ses pas,

L'art relevé par lui tomberait aussi bas...?

Mais, nous-mêmes, ayons un peu plus de prudence :

Ménageons la toute-puissance

Des Turcarets-lettrés qui font ici la loi;

Si ces gens m'entendaient, ce serait fait de moi :

Je serais *enfoncé* d'avance... ([10]) !

Non, non, jamais, je le sens bien,

Ma Muse indépendante et fière,

Ne briguera la faveur ménsongère

Acquise au prix d'un semblable moyen.

Je ne devrai jamais à des trames insignes,

Les succès auxquels je prétends;

Et quel que soit mon sort, ces succès seront dignes

De mon cœur et de mes talens.

Sans louangeurs gagés, sans cabale et sans ligue,

Au ridicule, au vice attachant maint affront,

Le Térence français affermit sur son front

Le chaste laurier que je brigue.

Si je ne puis m'élever aussi haut,

Si le désir en moi cède à l'insuffisance,

Qu'en mes écrits, du moins, le but et la décence

D'un talent créateur balancent le défaut,

Et m'arrachant enfin à la commune ornière,

Me fasse atteindre ainsi l'aveugle aventurière !

    Que dis-je ? elle me tend les bras,

Et verse à pleines mains ses faveurs sur mes pas !

Pas un grand, qui rendant hommage à mon génie,

De ce réduit obscur ne veuille m'enlever !

    Pas une belle qui n'envie

    La gloire de me captiver !

Le roi, le roi lui-même, instruit de mon mérite,

    Me fait appeler à sa Cour...!

« Fabrice ! me dit-il, en tous lieux on vous cite

« Comme le Quévédo, le Caldéron du jour ;

« Protecteur du talent, il faut donc qu'à mon tour,

    « Moi-même envers vous je m'acquitte ;

    « Et mon palais sera votre séjour.

    « Le sang qui coule dans mes veines,

« Les droits que m'ont transmis tant d'illustres aïeux,

« M'élèvent au-dessus de l'intérêt honteux

 « De ces majestés plébéiennes,

« Qui, filles de l'émeute et de la trahison,

« N'avisent qu'aux moyens d'enrichir leur maison.

« Simulacres de rois qu'un jour crée et moissonne,

« Ils sentent sur leur front vaciller la couronne;

« Et monarques de nom, boutiquiers par état,

« Trafiquent du pouvoir comme de l'attentat.

« De ces ombres de rois c'est la marche ordinaire;

« Le calcul et le but de tout usurpateur :

« Régnant au jour le jour, l'avenir lui fait peur;

« Car, ainsi que l'on voit une bulle légère,

« Sous le souffle enfantin naître et s'évanouir,

« De même ce pouvoir à ses yeux vient s'offrir;

« Le souffle qui le fit peut fort bien le défaire;

« Et rien de plus cassant qu'un sceptre populaire. »

(Il s'approche ici de la table et en ouvre le tiroir, en ajoutant :)

Le monarque, à ces mots, du fond de son trésor

    Tire une bourse comble d'or;

    Puis, en me versant ce pactole,

Il ajoute, d'un air encor plus gracieux....

       (Il tire du tiroir une longue bourse vide, et s'écrie :)

Ah! que vois-je...?

            (Une horloge se fait entendre.)

    Ecoutons...? cinq heures ? ô grands dieux!

   Cinq heures....? d'un espoir frivole

 Moi, qui me berce au centre de l'enfer!

Cinq heures? juste ciel!... je n'ai pas une obole,

   Et suis à-jeun depuis hier...!.

La raison, le bon sens, mon malheur me l'enlève!

Un prince généreux? ah! quel étrange rêve!

IL N'EN EST PLUS POUR NOUS; LE TEMS EN EST PASSÉ...;

ET CE N'EST QU'EN NOS CŒURS QU'IL N'EST POINT EFFACÉ!

Espoir , honneur, fortune, renommée,

Vous n'étiez donc hélas ! qu'une vaine fumée ?

A rentrer dans l'oubli je dois me résigner ;

Et sortant d'un palais, je n'ai pas à dîner !

Et toi, qui plus que moi ne fus heureux ni sage ,

Je maudis aujourd'hui ton funeste héritage !

Source de tous mes maux, vois le cas que j'en fais !

(Il lacère les manuscrits.)

Voilà donc, dieu des vers ! tout ce que tu promets ?

Le plus modeste emploi du moins m'aurait fait vivre ;

Et tant de nuits, d'efforts consumés à poursuivre

De quelques vains lauriers le salaire idéal...?

C'en est fait : je renonce à ce métier fatal ;

Une plus longue erreur deviendrait sans excuses ;

Et, dès ce moment même....

(Il s'arrête, comme frappé d'une idée soudaine.)

ò bonheur sans égal !

Je tiens les premiers vers de mes adieux aux Muses !

(Il court vers la table, et dit, en reprenant la plume :)

Cet ouvrage achevé, je t'en donne ma foi,
Madrid ! tu n'auras plus une rime de moi.

NOTES.

❊

(¹) Avec un pareil plan, quel amant parviendrait
A séduire une femme à coup de pistolet ?

Tel est, ou peu s'en faut, le moyen de séduction employé par
Ludovic, dans la pièce de ce nom ; et ce moyen, il faut en convenir, lui réussit au-delà de son espérance, comme à l'attente du
public, qui demeure ébahi d'admiration et de surprise à cette
grande création sortie d'un cerveau romantique ! La froide et dure

Francisca, qui ne sent d'abord pour Ludovic que la haine la plus prononcée, et disons aussi la plus juste, n'a pas plutôt le bras cassé par ce merveilleux *coup de maître*, que sa haine se change en amour; et la voilà éperdûment éprise de l'*intéressant* assassin! Avis aux amans rebutés : casser les bras à sa maîtresse, est le plus sûr moyen de s'en faire adorer! Des conceptions de cette force font hocher la tête de surprise aux profanes, et ne peuvent être appréciées que par les adeptes eux-mêmes. Quoi qu'il en soit, notre auteur ne s'en tient pas là, et nous conduit de surprise en surprise. Le rival de Ludovic, celui-là même qui devait l'épouser, Grégorio est tellement *touché* lui-même des nouveaux sentimens que la balle magique a fait passer, du bras, au fond du cœur de Francisca, que, par le plus beau dévoûment, non-seulement il consent à sauver l'assassin d'entre les mains de la justice, mais, prenant gaîment son parti, il cède à ce dernier la fortune et la main de sa belle. On n'est pas plus accommodant sans doute que ce brave et bon Gregorio! pas plus heureux que Ludovic! pas plus habile que l'auteur, en fait de dénoûment impossible à prévoir, d'idées si rares, si nouvelles, qu'aucun de ses nombreux rivaux n'a eu jusqu'ici la pensée de lui disputer celles-là.

(²) Et si la scène même (*a*) où plane encor leur Muse,
　　A gémi sous le poids des vers du Roi s'amuse.

Un arrêt du parlement de Paris, en date du 19 novembre 1546,

(*a*) Le Théâtre-Français.

accorde aux anciens *Camarades*, je veux dire aux *Confrères de la Passion,* le droit de joindre des sujets profanes à ces anciennes *trilogies,* généralement connues sous le titre de *Mystères;* mais sous la condition expresse que ces sujets seraient *licites et honnétes.* Pour une mesure dirigée contre la licence dramatique, trois cents ans avant nous, cette condition ne paraît pas autrement *tyrannique;* et cet arrêt se rattachant au règne de François Ier (précisément le même prince si *licitement* et si *honnétement* traité par l'auteur du moderne Mystère qui est l'objet de cette note), ne fût-ce que par reconnaissance pour la grâce accordée en son nom, à ses anciens Camarades, les premiers auteurs romantiques, il semblerait que celui-ci aurait pu prêter à ce prince des actions, et surtout un langage, un peu plus dignes du monarque que son siècle et l'histoire saluèrent du surnom de Restaurateur des lettres, et qui, par parenthèse, était bien aussi bon poète que tel qui croit l'être lui-même; et sous ce point de vue, peut-être, notre auteur eût pu le traiter un peu moins cavalièrement que Charles-Quint et la pauvre Marie.

(⁵) L'admire sur parole, et ne soupçonne guère
    « Qu'il applaudit en lui La Serre et Chapelain.

Dans sa troisième Satire, en parlant des premiers de ces deux auteurs, Boileau ajoute, en note : *Écrivain célèbre pour son galimatias;* et, en parlant du second : *Cet auteur, avant que la*

Pucelle fût imprimée, passait pour le premier poète du siècle :
« *L'impression gâta tout.* » Que de célébrités acquises de nos jours
au prix du même galimatias et de la même infatuation !

(⁴) Il ne soupçonne pas qu'en cette immense liste,

    Qu'un ou deux noms au plus parent de leur valeur.

En citant cette honorable exception, ma pensée se portait na-
turellement sur l'auteur de Saül, des Vêpres Siciliennes , des
Enfans d'Édouard, en un mot, sur M. Casimir Delavigne, à la
plume duquel nous devons plusieurs ouvrages échappés, comme
par miracle, à la triste influence de l'*aria cattiva,* qui plane depuis si long-temps sur la scène et sur le parterre; mais je m'a-
perçois maintenant que, en parlant de *deux exceptions,* je me
suis un peu trop avancé, car l'exception est unique; et c'est
effectivement la seule que l'on puisse citer aujourd'hui, sans
mentir à sa conscience , ou fermer volontairement les yeux sur
les ouvrages, les intrigues et le but de nos manœuvres drama-
tistes !

(⁵) Tout Camarade est journaliste,

    Et tout journaliste est auteur.

Il est inutile de dire que, par ce dernier mot, nous n'entendons
parler ici que des auteurs dramatiques ou autres, affiliés à la Camaraderie. Personne n'estime et n'apprécie mieux que nous le

caractère et le mérite des véritables gens de lettres, qui écrivent dans les journaux, et ne vendent à aucune coterie l'éloge, la critique ou le silence. Nous disons le silence, parce que telle est en effet une des armes les plus perfides et tout à la fois les plus sûres, dirigées par les braves *Confrères* contre toute production qui ne sort pas de la fabrique. Eh! comment s'étonner ensuite de la décadence des lettres? Comment être surpris de voir sans cesse figurer sur les affiches et sur les planches, les mêmes noms et les mêmes sottises, s'il est malheureusement vrai que la propagande est partout, et si partout elle domine! S'agit-il d'un ouvrage dramatique? Un bon comité-camarade le repousse d'avance, sur le simple nom de l'auteur, vu que ce nom n'est point inscrit sur la liste de la propagande. Est-il question d'un ouvrage purement littéraire? Le camarade-journaliste l'étouffe à sa naissance, en se refusant d'en parler, si ce n'est *à trente sous par ligne*. N'hésitons donc pas à le dire : aussi long-temps que cette gangrène rongera la littérature, les lettres resteront, en France, dans l'état où elles sont aujourd'hui ; elles seront la honte du pays dont elles furent long-temps les délices et la gloire. Ceci n'est point une Satire mais une vérité bien triste et bien sentie par ceux qui conservent encore le souvenir des temps où la qualité d'homme de lettres ne pouvait réveiller l'idée de vil trafic et de honteuse intrigue, pour arriver à des succès dont on n'oserait avouer la secrète et basse origine. Un volume ne suffirait pas pour réunir et dévoiler toutes les secrètes intrigues de cette espèce d'Assurance Mutuelle; et, d'un autre côté, tout vrai et tout utile qu'il fût, frappé, au moment de paraître, de l'interdiction fatale du Saint-Office des Camarades, l'ouvrage, ainsi que beaucoup d'autres, resterait ignoré dans la boutique du libraire, qui, dans la crainte de déplaire au tribunal redouté, n'oserait peut-être pas lui-même le proposer à l'acheteur.

(⁶) Tel n'est pas le vrai but du moderne Confrère.

Ce que nous entendons par le titre de *moderne Confrère* est suffisamment expliqué dans une des remarques précédentes. *Voyez ci-dessus*, note ².

(⁷) De fermer toute issue au mérite ignoré.

Comment la Camaraderie, se demandera-t-on peut-être, peut-elle empêcher, en effet, le succès d'un livre ou d'un drame? Nous avons répondu, plus haut, à cette question; nous y répondrons de nouveau, parce que la vérité est toujours bonne à répéter quand elle peut être utile. Quel que soit le mérite réel d'une production quelconque, pour être apprécié, il faut que l'ouvrage soit connu; et il ne le sera pas, pour peu qu'il puisse nuire, d'une ou d'autre manière, aux intérêts, ou seulement à l'amour-propre de quelques-uns des membres de la coterie en question; car, comme nous venons de le dire, cent fois plus iné-vitable et funeste dans ses effets, que la censure apostolique de Madrid, de Rome et de Naples, le veto de nos Camarades le con-damnera à l'oubli, en lui ôtant tous les moyens, non-seulement de réussir, mais même de constater son existence par la voie des journaux et des Comités de lecture vendus à l'association.

(⁸) De faire accroire aux sots que seul on sait écrire.

Au moment où nous écrivons nous-mêmes, la discorde est dans le camp, et les Camarades se battent. Allant d'eux-mêmes au-devant de l'opinion *à venir*, s'il est vrai, toutefois, que cet *à venir* s'en occupe; allant, disons-nous, au-devant de cette opinion, les chefs des deux partis s'accusent, par eux-mêmes ou par la voix de leurs organes, d'avoir pris ce qu'ils ont de mieux dans tous les auteurs étrangers et dans les nationaux même. Les *Hugotistes* ont raison, les *Dumatistes* n'ont pas tort; et la saine partie du public, laissant la question indécise, se borne à remarquer, avec nous, que cette scission burlesque serait du moins utile à l'art, si elle pouvait parvenir à éclairer enfin l'autre partie de ce même public, sur la nature et le mérite des dégoûtantes rapsodies dont ces messieurs l'accablent.

(⁹) « Nul n'aura de l'esprit, hors nous et nos amis. »

Molière : *Les Femmes savantes*, acte 3, scène 2, *ad fin.*

(¹⁰) Je serais *enfoncé* d'avance.

J'en demande pardon au lecteur, mais la figure est consacrée, et se trouve dans toutes les bouches des Écoliers de la nouvelle École, qui affectent de puiser leurs figures dans le vocabulaire des halles. C'est ainsi qu'ils affectionnent d'une façon toute particulière les expressions *perruque* et *rococo*, épithètes qu'ils ne manquent jamais de joindre aux noms ou aux ouvrages qui ne sont pas sortis de la manufacture romantique. A l'une des premières représentations d'*Hernani*, quelques-uns des plus sages admirateurs du plan, du style et du bon ton de l'ouvrage, se mirent à danser devant la statue des deux illustres créateurs de la scène tragique française, en criant à l'envi : *Corneille et Racine ! Racine et Corneille enfoncés !* Témoin impassible du fait, un vieillard, qui ne dansait pas, et qui criait bien moins encore, après s'être fait expliquer le jargon de nos romantiques, remarqua que l'image des grands hommes semblait sourire de pitié à cette ovation vandale, et se borna à réciter à demi-voix, ce passage d'une autre *perruque*, dont le nom seul était connu, sans doute, de la plupart des danseurs :

> Que peut contre le roc une vague animée ?
> Hercule a-t-il péri sous l'effort du Pygmée ?
> L'Olympe voit en paix fumer le mont Etna ;
> Zoïle contre Homère en vain se déchaîna ;
> Et la palme du Cid, MALGRÉ LA MÊME AUDACE,
> Croît et s'élève encore au sommet du Parnasse !

Il dit ; et relevant la citation, un jeune romantique *à figure encadrée*, se retournant vers le vieillard : *de quoi nous* EMBÊTE-T-IL *là ; et que nous veut cette* PERRUQUE ? *Ces vers sentent leur* ROCOCO, *nous n'en faisons plus de semblables !* Et le vieillard de convenir que l'*encadré* accusait juste.

———